Lamarotte

Choix de Poésies

FANTAISIES POÉTIQUES.

INPRIMERIE BLONDEAU-DEJUSSIEU.

FANTAISIES POÉTIQUES.

CHOIX DE POÉSIES

du capitaine LAMAROSSE.

BEAUNE,

LIBRAIRIE BLONDEAU-DEJUSSIEU,

Place Monge, 20, au fond de la cour.

1853.

PRÉFACE.

Cédant au désir de mes amis, je me suis décidé à publier un recueil de mes *Fantaisies poétiques*. J'ajouterai que, n'ayant jamais eu l'intention de faire éditer mes œuvres, j'ai négligé de conserver plusieurs pièces, toutes d'actualité, il est vrai, mais qui cependant serviraient aujourd'hui à grossir ce livre, dont l'exiguïté semblera peut-être ridicule. Du reste — passez-moi la comparaison — il en est des manuscrits comme de certains légumes, des épinards par exemple, qui forment beaucoup de volume avant d'être épluchés et cuits, et se réduisent en réalité à fort peu de chose, une fois cette double préparation accomplie.

Tel a été en effet le sort de mon Recueil, revu, corrigé, imprimé, et partant considérablement diminué. Néanmoins, puisse le peu qui reste offrir quelqu'attrait aux souscripteurs, qui m'ont donné, dans cette circonstance, une marque d'intérêt bien flatteuse, dont je m'empresse de leur témoigner ici toute ma gratitude, tout en les priant d'accueillir ce livre avec indulgence.

De madame Lafarge il contient la complainte,
Des calembourgs nouveaux et plus d'une œuvre sainte;
Il est en général plus gai que sérieux,
Et ne se vend qu'un franc chez Blondeau-Dejussieux.

A L'AUTEUR QUI M'ENVOIE SOUVENT

DES VERS PAR LA POSTE.

Chaque production de ton fécond génie,
Ecrite en mon honneur, et que tu me dédic,
Étant lue et gardée avec le plus grand soin,
De t'en remercier j'éprouve le besoin ;
Mais à qui m'adresser ? Conservant l'anonyme,
Ou parfois, empruntant un banal pseudonyme,
Tu me fais parvenir un compliment flatteur,
Qui me laisse ignorer le vrai nom de l'auteur.
Crains-tu qu'en tes écrits, voyant une épigramme,
Ma colère à l'instant contre toi ne s'enflamme ?
Ou n'est-ce pas plutôt par la seule raison
D'établir entre nous une comparaison ,
Qui tournerait sans doute à mon désavantage,
Possédant mieux que moi de la rime l'usage ?
J'en juge par tes vers, très bien tournés ma foi ;
Enfin, sans te connaître, auteur, salut à toi !
Mais si tu m'évitais, quoique ce soit minime,

De payer ton esprit chaque fois un décime,
Je ne compterais pas, le recevant gratis,
Si deux et deux font quatre et deux de plus font six,
Loin de moi le dessein de t'en faire un reproche;
Mais, si je n'avais pas dix centimes en poche,
Tu pourrais regretter, en cette occasion,
D'en être pour tes frais d'imagination.
Écris donc par la poste ou tout autre entremise,
Sans oublier au moins d'y mettre la *franchise*....

UN BAL MASQUE.

—

Au salon du Wauxhall, éclatant de lumières,
Se pressaient cette nuit nos jeunes ouvrières,
Qui cachaient leurs attraits sous les déguisements
Les plus originaux et les plus séduisants.
Consultant du devin l'indiscrète science,
Une lorette apprend, ou le savait d'avance,
Que son mari jaloux, boudeur, original,
Est fort peu scrupuleux sur le nœud conjugal.
On y voyait polker la bergère coquette,
Qui brave la saison par sa mince toilette,
Avec un vieux marquis en habit de velours,
De sa taille pressant les gracieux contours.
A côté de ce couple était une marquise,
Dont je vais, en passant, vous esquisser la mise :
Quelques nœuds de rubans, avec grâce placés,
Ornaient ses cheveux blonds, artistement tressés,
Où l'on reconnaissait la main et la méthode
De madame Marchand, la coiffeuse à la mode;
Des souliers de satin chaussaient un pied mignon,
Près duquel pâlirait celui de Cendrillon...
Une jambe... arrêtez, plume trop indiscrète,
Peut-être qu'à ce bal elle vient en cachette:

Elle y vient, sans nul doute, en tout bien tout honneur
Mais son mari pourrait en avoir de l'humeur ;
Modérez un instant l'ardeur qui vous enflamme,
A la jambe un mari peut connaître sa femme.
Plus loin, un domino, du sexe féminin,
Peut-être bien de l'autre, on n'en est pas certain,
Intriguait un pierrot, dont la longueur des manches
Dépassait les genoux et balayait les planches.
Sous l'habit militaire, on voyait le pékin,
Le grave magistrat sous celui d'arlequin ;
Tout était déguisé, caractère et visage,
Thérèse était en turc, Victorine en sauvage.
Quel beau panorama ! quel ravissant coup-d'œil !
Dont je pouvais jouir, assis dans mon fauteuil.
Mais bientôt deux à deux, on s'unit, on s'enlace,
L'orchestre harmonieux exécute une valse.
Tous ces aimables fous, par degrés s'animant,
Ne mettent plus de borne au divertissement.
Après ce galop monstre, une épaisse poussière,
S'élevant dans la salle, obscurcit la lumière,
Et c'est presqu'à tâton qu'il faut, sur le parquet,
Chercher, l'un sa perruque, et l'autre son bonnet.
On voit partout épars des bouquets et des masques,
Comme après un combat des sabres et des casques.
Mais, dans un bal masqué, tous les objets perdus
N'ont pas toujours été précisément rendus.
Le jour vient mettre un terme à ce charmant délire,
Et c'est avec regrets... que chacun se retire.

ESCOBARDERIE.

Un rusé campagnard, au curé de Mimandres,
Venait se confesser, avec un air contrit,
D'avoir mangé des pois le mercredi des Cendres,
Et les avoir mangés de très bon appétit.
Des pois... dit le pasteur, ce n'est pas une offense,
J'en ai mangé moi-même, et je t'absous d'avance.
Amen, dit en partant ce nouvel Escobard,
En lui criant de loin : Les miens étaient au lard.

LE GRAND BANQUET DE LA FUSION.

Allons, maître Michaud, mettez-vous en mesure ;
C'est demain le grand jour, à ce que l'on m'assure,
Où l'on verra se fondre, assis à ce banquet,
Les différents partis, comme dans un creuset.

Nous aurons le clergé, l'artisan, la noblesse,
Militaires, bourgeois de différente espèce.
Préparez les réchauds, apprêtez vos ragoûts,
De façon que chacun en aît selon ses goûts.
Pour les autorités, vous aurez deux assiettes,
L'une d'œufs au gratin, et l'autre de boulettes.
Devant les orateurs, une langue aux oignons,
Qu'il faudrait entourer de nombreux cornichons.
Force petits pâtés pour les Orléanistes,
Brochet à la Chambord pour les Henriquinquistes ;
Devant eux les faisans seraient très bien placés ;
Mais ne les servez pas s'ils sont trop avancés.
Pour ne pas l'oublier, veuillez en prendre note,
Près de monsieur Proudhon servez de la carotte ;
Puis, à la Marengo, pour tous nos vieux guerriers,
Un superbe poulet entouré de lauriers.
En face du Clergé, quelques pots de gelée ;
Au Communisme, enfin, l'omelette soufflée.
Voilà tout le menu ; faites, maître Michaud,
Mettre le vin au frais, et surtout servez chaud.

INAUGURATION DE LA STATUE DE

G. MONGE.

———

Il est enfin tombé, ce voile obscur et triste ;
L'ouvrier, en brisant jusqu'au dernier lien ,
Nous découvre à la fois le talent de l'artiste ,
    Et les traits du grand citoyen.

Des travaux du savant que Beaune solennise ,
Du grand Napoléon , l'ami, le confident ,
Oserais-je tracer une courte analyse,
    Au pied de ce beau monument.

Monge n'est pas issu des flancs d'une duchesse ;
Dès l'âge de seize ans il était professeur ;
Dans les arts il puisa ses titres de noblesse,
    La dignité de sénateur.

On manquait de canons, lorsque la République
Avait à repousser plus d'une nation :
Il dota son pays, dans ce moment critique,
    D'une sublime invention (1).

On le vit au milieu des soldats intrépides,
Prouvant qu'il n'était pas au courage étranger,
Partager avec eux, devant les Pyramides,
    La victoire après le danger.

Laissons parler l'histoire où s'inspira ma muse,
Où j'ai pu dérober, d'un rapide coup-d'œil,
Quelques-uns des hauts faits du comte de Péluze,
    Que l'on contemple avec orgueil.

(1) La fonte des canons dans le sable.

NAÏVETE.

Un pauvre malheureux, dégoûté de la vie,
Natif, assure-t-on, de Basse-Normandie,
Dans la Seine était prêt d'en être délivré,
Quand par des bateliers il en fut retiré ;
Et, sans plus de façon l'ayant mis sur la plage,
Chacun dans son bateau gagna l'autre rivage.
Ne croyez pas, au moins, que d'un si grand bienfait
Cet entêté Normand se trouva satisfait ;
Il voulait en finir : vers l'arbre le plus proche,
Il dirige ses pas, puis au faîte s'accroche ;
Mais, cette fois n'ayant pas été secouru,
De ce monde, bientôt, il avait disparu,
Non sans faire avant tout, ainsi que je le pense,
De nombreux entrechats, comme un maître de danse.
Un berger le voyait ; mais, sans même chercher
Si les pieds du danseur portaient sur un plancher,
Tout en lui voyant faire une laide grimace,
Sifflait tranquillement sans bouger de sa place,
Lorsque vint à passer le curé de l'endroit,
Qui tança le maraud, il en avait le droit,
D'avoir laissé se pendre un homme en sa présence.
« Je n'pensais pas qu'un arbre était une potence,
Lui répondit le pâtre ; on v'nait de le r'pêcher ;
J'ai cru tout bonnement qu'il se faisait sécher.

CHARADE.

Sur un procès-verbal, et sur un testament,
Vous voyez mon *premier* dès le commencement.
Il péche par un signe en guise de voyelle :
Ne vous arrêtez pas à cette bagatelle,
Car je me trouverais dans un grand embarras,
Pour qu'il puisse passer ne l'apostrophez pas.

Mon *dernier* aurait pu vous procurer l'aisance ;
Mais, étant immoral, on l'interdit en France.
Quoique capricieux et sortant rarement,
On l'attendait toujours avec empressement.
Il en existe deux dans le vocabulaire ;
L'autre, loin de briller, produit l'effet contraire ;
Et si tous vos miroirs en étaient là réduits,
Mesdames, vos attraits seraient mal reproduits.

Dans ce siècle appelé le siècle des lumières,
Où chaque jour amène un prodige nouveau,
Mon *entier*, relégué dans d'obscures chaumières,
Fut jadis dans Paris le guide et le flambeau.
Poli, bien élevé, malgré son innocence,
Son nom seul cependant faisait trembler d'avance.
Lecteur, je vous engage à vous le procurer,
Sur le mot de l'énigme il peut vous éclairer.

LA PROCESSION DE LA FÊTE-DIEU

A BEAUNE.

——

De verdure et de fleurs on parsème les rues,
De draps et de tapis les maisons sont tendues,
Et le son du beffroi, dans les airs agité,
Aux fidèles annonce une solennité.

De riches ornements entourés de feuillage
Forment des reposoirs à Dieu sur son passage.
Pour prêter son éclat aux bénédictions,
Un beau soleil déploie ses plus brillants rayons.

De la Vierge bientôt apparaît la bannière ;
O que de la porter une autre vierge est fière !
Puis s'avancent le dais et le Saint-Sacrement,
Que des monceaux de fleurs couvrent à tout moment.

Mais qu'il est imposant, cet instant mémorable,
Quant au pied de l'autel un prêtre vénérable
Elève l'ostensoir, puis en formant la croix,
Sur la foule à genoux, l'incline par trois fois.

L'office terminé, la marche recommence,
Le cortége, à pas lents, vers l'église s'avance,
Tandis que sur l'autel, tout parfumé d'encens,
Les sœurs, pour les bénir, vont rouler les enfants.

LA VIGNE ET LE FUMIER,

Fable.

———

Une vigne disait au fumier, son voisin,
Je ne puis plus souffrir ton abord trop malsain ;
De mes grappes en fleurs ton alentour humide
Détruit tout le parfum de son odeur fétide.
Ce n'est pas là ta place, éloigne-toi d'ici ;
Il ne te convient pas de m'approcher ainsi.
Le fumier, peu flatté d'un semblable langage,
Lui dit : Vous n'avez pas la raison en partage.
Modérez un instant ce ton plein de courroux,
Si vous êtes si belle, à qui le devez-vous ?
Vous devriez parler avec moins d'amertume ;
C'est pour vous embellir qu'à vos pieds se consume
Celui que vous traitez avec tant de hauteur,
Et qui, loin de vous nuire, est votre bienfaiteur.
Au milieu des grandeurs et de leur vain prestige,
Ne méprisez jamais celui qui vous oblige.

IMPROMPTU *(Inter pocula)*

**A mon ami A. J., qui m'avait conduit en voiture
à un déjeûner de garçon.**

D'être aujourd'hui mon phaéton
Vous possédez l'honneur insigne :
Soyez sobre sur le Corton,
Afin de vous en rendre digne.
A retourner il faut penser ;
N'allez pas perdre la mémoire,
Je vous permets de me verser...
Mais c'est de me verser à boire.

DIALOGUE

Entre un Bourguignon et le Commissaire d'un banquet officiel.

———

LE BOURGUIGNON.

Les vins du Bordelais ont donc tout en partage,
Qu'on en fait à la cour un exclusif usage ?
Je vois sur le menu de chaque grand festin
Du Bordeaux à foison et pas de Chambertin :
D'où peut donc provenir cette étonnante chose ?

LE COMMISSAIRE.

Je vais en peu de mots vous en dire la cause :
Rien n'est moins étonnant; ne voit-on pas partout
A la mode chacun sacrifier son goût ?
Le Bourgogne sans doute a toujours son mérite,
Et tient le premier rang parmi les vins d'élite;
Mais sachez qu'aujourd'hui, pour être du bon ton,

On laisse de côté Chambertin et Corton,
Le Bordeaux s'insinue, et partout il abonde.

LE BOURGUIGNON.

Je reconnais bien là les bords de la Gironde ;
Mais nos excellents crûs, qu'on semble peu priser,
N'ont besoin que du goût pour les préconiser.
Je crois avoir l'honneur de me faire comprendre.

LE COMMISSAIRE.

[tendre ?
Je vous comprends très bien ; mais, voulez-vous m'en-
Il faut se conformer aux caprices des grands ;
Vous savez, comme moi, que les goûts sont changeants.
Soyez donc patient, la mode est éphémère ;
On reviendra bientôt au Bourgogne, j'espère.

LE BOURGUIGNON.

Et l'on fera très bien ; car, un jour à venir,
On verrait du pays le commerce en souffrir,
Et nos vins dédaignés, même dans les provinces,
S'ils n'étaient plus servis sur la table des princes.

LA FAUVETTE, LA CIGOGNE ET LE SERPENT,

Fable imitée de Lafontaine.

Au retour du printemps une tendre Fauvette
Avait construit son nid dans un épais buisson.
Il était à l'abri ; mais, hélas ! la pauvrette
Ne redoutait pas seuls l'orage et l'aquilon ;
Elle voit un Serpent, qui dans l'herbe s'avance :
C'en était fait du nid et de ses oisillons,
Lorsque vint à passer, comme une providence,
Commère la Cigogne, allant aux carpillons.
« Viens vite à mon secours, lui dit notre chanteuse ;
« Car, sans toi, mes petits, peut-être en un instant,
« Vont servir de pâture à cette bête affreuse ;
« Il lui semble déjà les tenir sous sa dent. »

Sans se faire prier, celle-ci se dirige
Voltigeant, piétinant à l'endroit indiqué ;

De l'herbe qui le cache, écartant chaque tige,
Le découvre, et bientôt le reptile est croqué.
— Pour prix de ce service, ô viens que je t'embrasse !
— Mais ce n'est pas le tout, j'exige une rançon,
Dit la dame au long bec, la regardant en face,
Et je ne prétends pas l'obtenir en chanson.
— Comment une rançon ! répliqua la Fauvette :
Ma belle, en vérité, je ne te comprends pas :
Vas donc, je crois avoir bien acquitté ma dette,
Quand je t'ai procuré cet excellent repas.

De dupes et d'ingrats notre terre est couverte :
Dans chaque occasion combien n'en voit-on pas ?
Le danger, quand il part, laisse la porte ouverte,
Et la reconnaissance est bientôt sur ses pas.

COMPLIMENT

**A une mère le jour de sa fête, par ses enfants,
en lui offrant leurs portraits.**

———

Il est enfin venu le jour de votre fête ;
Qui toujours est pour nous l'époque du bonheur.
Depuis assez longtemps notre bouche s'apprête
A venir exprimer les vœux de notre cœur.
Voulant accompagner cette fleur éphémère
D'objets qui, sous vos yeux, soient de tous les instants,
Daignez donc accepter, ô notre tendre mère !
L'hommage des portraits de vos jeunes enfants.

IMPROMPTU SUR L'ALBUM DE Mme ***.

———

Si j'obéissais à ma plume,
Qui voudrait tracer vos vertus,
Croyez que ces vers impromptus
S'étendraient à plus d'un volume.

AUTRE SUR CELUI DE Mlle ***.

Sur votre riche album, où l'esprit étincelle,
Qui renferme le nom de plus d'un grand auteur,
Vous voulez que j'écrive... ô c'est, Mademoiselle,
  Me faire beaucoup trop d'honneur !

AUTRE SUR UN ALBUM DE DESSIN.

De mes dix doigts les ankyloses
Me font vivement regretter,
En voyant de si belles choses,
De ne pouvoir les imiter.

COMPLAINTE DE Mme LAFARGE.

———

I.

Dans Paris, la grande ville,
Vivait fort tranquillement,
Adorée de ses parents,
Une jeune et jolie fille,
De son nom de demoiselle
Appelée Marie Capelle.

II.

Voilà que du mariage,
Voulant goûter la douceur,
Elle abandonne son cœur
A l'infortuné Lafarge,
Qui lui promit un million
Par brevet d'invention,

III.

Trompée en ses espérances,
En arrivant au Glandier,
De trouver un poulailler
Pour un château de plaisance,
Se dit : tu me le payeras,
Toi, tes souris et tes rats.

IV.

En vain, il prend un air tendre
Pour apaiser sa douleur :
La belle lui tint rigueur,
Et ne voulut rien entendre,
Jusqu'à refuser, dit-on,
La cohabitation.

V.

(Voulant entrer dans la chambre de madame.)

J'entrerai, je vous le jure,
Ou bien vous direz pourquoi.
Je veux jouir de mes droits,
Lui dit-il par la serrure ;
Ce n'est pas ainsi qu'il faut
Mépriser le *Conjungo*.

VI.

N'obtenant de la vestale
Que des reproches sans fin,
Tout à coup, cet homme fin,
Retourne à la capitale,
Dans l'intention de faire
Des fers réussir l'affaire.

VII.

Ce fut au mois de décembre
Que, poussée par le démon,
Elle eut la précaution
De s'enfermer dans sa chambre,
Et d'en fermer les volets,
Pour accomplir son forfait.

VIII.

Elle écrit à sa victime,
En lui faisant le présent
D'une galette ou d'un flanc,
Dans lequel était son crime.
Si tôt qu'il en eut mangé,
Il se sentit dérangé.

IX.

Sentant que son mal empire,
Il revient dans ses foyers,
Près de sa chaste moitié,
Qui contre ses jours conspire,
En mettant dans sa boisson
De la gomme à sa façon.

X.

La gomme dans sa panade,
La gomme dans son bouillon
Elle en mit, le croirait—on,
Jusque dans sa limonade.
Il en a tant consommé,
Qu'on l'a trouvé dégommé.

XI.

Mais la justice avertie,
Sur ce fait ouvrant les yeux,
N'en fait ni une ni deux,
Coffre la pauvre Marie.
Que ne laissait-elle aux chats
Le plaisir d'occir les rats.

XII.

Bientôt son procès s'informe ;
On entend le sieur Denys,
De Lafarge ancien commis,
Qui prétend que ce brave homme,
Pendant huit jours environ,
Ne vécut que de poison.

XIII.

Qu'avez vous fait, malheureuse !
Demanda le président,
De la boîte contenant
Cette poudre vénéneuse ?
Convenez-en, ça vaut mieux
Que nous la jeter aux yeux.

XIV.

J'ai détruit, répondit-elle,
Les rats de cette maison,
Qu'on voyait par escadron
Manger jusqu'à la chandelle ;
Aussi, dit Elisa Brun,
On n'en voit plus la queue d'un.

CHARADE.

Au bord d'une rivière assise,
Tout en gardant ses blancs moutons.
Un matin s'amusait Elise
A pêcher des petits poissons.
Elle avait peu d'expérience,
On le voyait à ses appâts :
Aussi, malgré sa patience,
Le fretin ne se prenait pas.
Contre vous le guignon conspire,
Lui dis—je en homme du métier,
Vous ne prendrez pas de quoi frire,
Si vous n'avez pas *mon premier*.

Que votre taille est élégante,
Quel pied mignon, quel front serein,
Que votre bouche séduisante
Provoque d'amoureux larcins.
En voyant vos beaux yeux, Thérèse,
Les plus sages deviendraient foux ;
Mais mon *dernier*, ne vous déplaise,
Est beaucoup plus joli que *vous*.

Vers la ville la plus prochaine
Perrette, avec son fiancé,
Se dirigeait cette semaine,
Son petit jupon bien troussé.
Voulez-vous, dit le rusé Blaise,
Nous asseoir ici sur ces foins,
Nous causerons mieux à notre aise,
Il n'en sera ni plus ni moins.
Nenni, lui dit la bergerette,
En changeant de bras son panier,
Ça pourrait froisser ma toilette,
Et compromettre mon *entier*.

PAUVRE JACQUOT.

Maudits soient les ciseaux de la Parque implacable
Qui causent aujourd'hui la douleur qui m'accable :
J'avais un perroquet, dont le charmant babil,
Fit honneur à celui qui lui coupa le fil.
Il aurait eu dix ans le quatorze décembre :
Disait bonjour, Monsieur, en entrant dans ma chambre.
On parle de vert-vert, vert-vert était un sot,
Comparativement à mon charmant jacquot.
Il imitait le chat, commandait l'exercice ;
Criait toujours j'ai faim, quand on ouvrait l'offfce.
Je ne lui connaissais qu'un unique défaut,
Celui de trop parler ; il parlait un peu haut.
De tout ce qu'il disait, on aurait fait un livre ;
Avec autant d'esprit il ne pouvait pas vivre.
Il cessa de parler le premier jour de l'an ;
Les derniers mots qu'il dit furent papa, maman.
Puis, une douloureuse et longue maladie
Vient de me l'enlever au printemps de sa vie.
Le jour de carnaval, la bonne, en s'éveillant,
Voit ce pauvre animal sur le pavé gisant ;

2

Elle prend dans ses bras son oiseau qu'elle adore,
Cherche à le réchauffer, il respirait encore ;
Mais il était trop tard ; ses soins sont superflus ;
Quelques instants après Jacquot n'existait plus.

CHARADE.

Dans une chasse en Normandie
Nos chiens lançaient un sanglier :
J'écoutais leur belle harmonie,
Qui se mêlait à mon *premier*,
Quand vers moi l'animal s'avance,
L'œil en feu, le poil hérissé,
Sans attendre qu'il soit passé,
Je lui tirai... ma révérence.

Mon *dernier* toujours bien venu,
Surtout quand on a les mains nettes.
De l'avare étant inconnu,
Est effacé de ses tablettes.
On dit qu'il vous vient en dormant,
Et sans se mettre à sa poursuite.
Je dors beaucoup, mais rarement
Il m'est venu rendre visite.

Ce matin, ma vieille portière,
Ayant son chat sur ses genoux,
Me présenta sa tabatière,
En me disant : En usez-vous?
C'est son préambule ordinaire,
Mais, n'aimant pas à babiller,
Je m'empressai, pour m'y soustraire,
De lui demander mon *entier*.

GASCONNADE.

———

Un employé des assurances
Vint me trouver, le chapeau bas,
Me faisant force révérences ;
Je crus qu'il n'en finirait pas.
Monsieur est peut-être en affaire,
J'ai regret de le déranger.
— Non ; mais pour vous que faut-il faire ;
En quoi puis-je vous obliger?
Me trouvant un peu dans la gêne,
Je vous prierais de me prêter
Cent écus, que cette semaine
Je promets de vous rapporter.
Impossible, dis-je à cet homme,
Je suis comme vous sans argent ;
Mais en Picardie est *la Somme* (1),
Que vous trouverez aisément.

(1) La rivière de ce nom.

MON ADHÉSION A LA SOCIÉTE

ARCHÉOLOGIQUE DE BEAUNE

———

Dans les camps, on a peu l'habitude d'écrire,
Et, pour participer à vos savants travaux,
Je ne possède, hélas! qu'une modeste lyre,
Trop faible pour cueillir le moindre des rameaux.
Cependant des statuts j'ai compulsé les pages,
Et d'y joindre mon nom je me sens très flatté,
Le voyant entouré d'illustres personnages,
Il peut avoir un jour de la célébrité.

CHARADE DIABOLIQUE.

Je rêvais, cette nuit, qu'au séjour infernal,
Par invitation, Satan donnait un bal.
Du destin des damnés, le souverain arbitre
M'en avait fait prier, je ne sais à quel titre;
De cette attention, sans être très flatté,
Je voulus contenter ma curiosité.
Mais, pour me conformer aux lois de l'étiquette,
Je passai quelque temps aux soins de ma toilette.
A peine étais-je entré, qu'un jeune cavalier,
Dont on voyait le chef orné de mon *premier,*
Me mena, par la main, auprès de Proserpine,
Assise mollement sur un coussin d'hermine;
Près d'elle étaient debout Lucifer et Pluton,
Dont la mise annonçait des gens du meilleur ton.
Puis un démon, tenant un instrument barbare,
Dont le son discordant fit trembler le Tartare.
Après avoir ainsi donné son diapason,
Tout l'orchestre bientôt se mit à l'unisson.
Il était composé de chaudrons et de pelles,
Que dominait surtout le bruit de deux crécelles.
Astaroth présidait, soufflant dans mon *entier.*
Dans ce désordre affreux j'invoquais mon *dernier.*
A sortir de cet antre, enfin je me hasarde,
Et, sans savoir comment, je gagne ma mansarde,
Lorsqu'un cri que poussa mon perroquet bavard
Vint me débarrasser de ce long cauchemar.

LE JET-D'EAU DE LA PLACE
SAINT-PIERRE.

———

Pour faire ainsi jaillir cette vasque coquette,
Aussi rapidement que l'oiseau dans son vol,
Moïse a donc repris sa divine baguette,
Et de son bras puissant en a frappé le sol.

De ce beau monument, une onde fraîche et pure,
Couronnant le sommet d'un panache argenté,
Se répand en cascade, et par un doux murmure,
Fait entendre aux échos qu'elle est en liberté.

Les tritons, dont le jet avec orgueil s'élance,
Et tombe en dessinant un cercle gracieux,
Semblent du dieu des eaux désirer la présence,
Pour lui faire admirer cet effet merveilleux.

Honneur aux artisans, à l'homme de génie,
Dont les féconds travaux décorent la cité;
Ils ont acquis des droits à notre sympathie,
Ils ont acquis des droits à l'immortalité.

GASCONNADE.

Dans un combat en Algérie,
Un soldat de mon escadron,
Qui ne manquait pas d'énergie,
Mais passablement fanfaron,
Dit : J'ai tué le fameux caïde,
Qui nous causait tant d'embarras,
Et, de ce guerrier intrépide,
Je viens vous apporter un bras.
— Comment, un bras, belle conquête !
Tu prends là des soins superflus ;
Il fallait m'apporter sa tête.
— Capitaine, il n'en avait plus.

L'AUMONE ET LA CHARITÉ.

Il est un sentiment né du christianisme ;
Pour nous rendre parfaits, Dieu nous en a doté,
Mais il reste souvent à l'état de mutisme ;
    Je parle de la charité.

Quand le pauvre en haillons, au seuil de votre porte,
Les membres engourdis, vient vous tendre la main,
Pour lui, faites la part des mets qu'on vous apporte ;
    Il est votre frère ; il a faim.

L'homme dans l'opulence, et même sur le trône,
Du chemin de l'honneur, s'il a pu s'écarter,
N'a pas besoin de pain, n'a pas besoin d'aumône ;
    Il a besoin de charité.

Si la main de Thémis, élevant sa balance,
Fait subir au coupable un sort trop mérité,
Déplorer son erreur, oublier son offense,
    C'est pratiquer la charité.

De l'humide cachot, franchissant la barrière,
Par elle le captif est toujours consolé,
Ainsi que l'exilé, sur la terre étrangère,
Elle soulage aussi le soldat mutilé.

Du Ciel vous obtiendrez une double couronne,
En faisant, chaque jour, acte d'humanité.
Dieu bénit votre offrande et la main qui la donne,
Quand l'aumône s'unit avec la charité.

L'INTERIEUR D'UN CERCLE.

Un cercle, à mon avis, a bien quelque mérite,
Des gens du meilleur ton, il renferme l'élite :
Ce sont des avocats, des juges, des docteurs,
Force négociants, des savants, des auteurs ;
On y rencontre aussi des anciens militaires,
Des commis-voyageurs et des propriétaires.
Chacun lit les journaux en prenant son café,
D'un parfum agréable et jamais réchauffé.
S'ils sont intéressants, on se les communique ;
Mais il est défendu d'y parler politique.
Par compensation le malheureux, toujours,
Quand il s'adresse au cercle, y trouve des secours,
Voilà son bon côté ; mais, sans rompre la paille,
Je voudrais un instant retourner la médaille.
Là, c'est un invalide, en son fauteuil roulant,
Qui renverse une table, une chaise en passant ;
En jouant au billard, un autre gesticule .
A tel point qu'on se pousse, on se presse, on circule,
Car, si trop près de lui vous ne l'évitez pas,
Quand il lance son coup... gare vos tibias.

On gronde le garçon, soit qu'il entre ou qu'il sorte,
S'il ne referme pas assez vite la porte ;
On craint les courants d'air, surtout les vents coulis,
Pouvant causer un rhume ou le torticolis.
Quatre joueurs, autour d'une table carrée,
Font un piquet voleur, ou bien la bête hombrée ;
Et, pour cacher au jour les rois et les valets,
Il arrive souvent qu'on ferme les volets.
Alors je suis privé de voir sur notre place
Le monde circuler, et d'entendre un paillasse,
Qui, dans un porte-voix, appelant les badauds,
Crie : On va commencer; aux bureaux, aux bureaux !
Quand plus de vingt fumeurs ont la pipe allumée,
On ne s'aperçoit pas à travers la fumée,
Qui, s'élevant d'abord en épais tourbillon,
Se répand dans la salle, et s'attache au plafond.
On n'est jamais d'accord sur la température ;
Tout le monde n'est pas de la même nature ;
L'un veut de la chaleur, un autre veut de l'air ;
Ce qui produit souvent un tapage d'enfer.
Sans égard pour celui qui revient de l'Afrique,
Et qui supporterait la chaleur du tropique,
Pour régler les degrés on en appelle aux voix,
Et sur le thermomètre on pratique une croix.
Que ce soit de mon goût, ou que ça m'importune,
Je dois me conformer à la règle commune.
Ce n'est pas tout encor, pour comble de malheurs,
Le cercle est interdit à l'artiste, aux chanteurs.
Si l'on avait au moins l'oreille poétique,
On pourrait aisément se passer de musique.
Mais, bah ! les madrigaux, les vers les mieux conçus,
En dépit des auteurs, passent inaperçus.
Si quelqu'un, par hasard, s'avise de les lire,
Ils sont à l'instant même en butte à la satire.

N'en cherchant pas l'esprit, mais le moindre défaut,
Ce terrible censeur le signale tout haut.
Pour moi, qui de rimer ai la sotte manie,
N'étant qu'un vrai conscrit en fait de poésie,
Je fume mon tabac, jouant aux dominos,
Sans me formaliser de leurs malins propos.

BABIOLE.

—

On lisait, à Paris, cette enseigne cocasse,
D'un perruquier-traiteur, qui s'appelait Ignace :
Soupe à deux sous l'assiette et la légume en sus ;
On coupe en même temps les cheveux par-dessus.

(HISTORIQUE.)

MES ADIEUX AUX ARBRES DE LA PLACE SAINT-PIERRE.

———

Adieux, charmants Tilleuls, dans votre adolescence,
La hache vous a fait succomber sous ses coups.
Est-ce pour procurer du bois à l'indigence ?
    Cependant l'hiver est bien doux.

Les bancs en ont gémi ; la fontaine en murmure.
Que ce beau monument sera triste sans vous !
N'étant plus entouré d'un cercle de verdure.
    Cependant l'hiver est bien doux.

Pour trouver plus de charme aux douces rêveries
Vers le soir d'un beau jour c'était le rendez-vous ;
On goûtait le parfum de vos branches fleuries.
    Cependant l'hiver est bien doux.

Des rayons du soleil, ou d'un épais nuage,
Pour éviter l'ardeur ainsi que le courroux,
On trouvait un abri sous votre épais feuillage.
    Cependant l'hiver est bien doux.

Enfin vous n'êtes plus, mes regrêts vont vous suivre!
D'autres seront plantés: n'en soyez pas jaloux.
Hélas! depuis longtemps j'aurai cessé de vivre,
    Quand-ils seront beaux comme vous.

CHARADE.

Dans le coupé d'une voiture,
Allant de Paris à Saint-Cloud,
Il me survint une aventure,
Qui n'est pas d'un merveilleux goût.
Tout en craignant de vous déplaire,
Ne pourrais-je vous l'exposer,
Si la chose pouvait se faire
Sans par trop vous scandaliser?
Mais avant d'entrer en *matière*,
Si vous n'êtes pas enrhumés,
Préparez votre tabatière,
Prenez des mouchoirs parfumés.

Deux femmes étaient du voyage,
Dont l'une, au modeste maintien,
S'en allait en pèlerinage
Invoquer son ange gardien.

L'autre, une joyeuse nourrice,
Tenant un enfant dans ses bras,
Qui savourait avec délice
Le lait de ses puissants appas.
Je vis qu'elle était de Falaise,
Mais l'enfant paraissait si doux,
Que, pour l'embrasser à mon aise,
Je le plaçai sur mes genoux.
Je payai cher cette imprudence ;
Sur ma culotte de Louvier,
J'en frémis encor quand j'y pense,
Le drôle avait fait *mon premier.*

Vous pouvez écrire une fable
Sans le secours de *mon dernier ;*
Pourtant il est indispensable
Dans tout. Le fait est singulier ;
Cela peut vous paraître étrange :
Mais vous serez bien plus surpris
De le trouver dans une orange,
Et de n'en pas voir dans Paris.

Un jour, étant dans la fabrique
De Dubourg, le chocolatier,
Odry, notre excellent comique,
Demandait, voyant *mon entier,*
D'où provenait cette substance.
C'est de Cuba, lui dit Dubourg.
Comment de *Cu-bas ?...* Quelle chance !
Je tiens un fameux calembourg.

L'ARRACHEUR DE DENTS.

Chaque samedi, sur la place,
Un très habile opérateur
Extirpe les dents sans douleur,
Et sans qu'on fasse la grimace.
Sur son char, fier comme Artaban,
Ou Malbrouck s'en allant en guerre,
Il vous arrache le tympan
En même temps qu'une molaire.

COMPLAINTE DE MONTCHARMONT.

I.

Venez entendre l'histoire
Du farouche Montcharmon
Ce braconnier de renom,
Redouté dans Saône-et-Loire,
Déroutait tous les agents,
Et les mettait sur les dents.

II.

Il portait grand préjudice
Aux droits du gouvernement;
Car il chassait constamment
Sans permis de la police.
On lui comptait sur le dos
Plus de dix procès-verbaux.

III.

Poursuivi par deux gendarmes
De la brigade d'Autun,
Il en blesse d'abord un,
Puis, de l'autre coup qu'il arme,
N'a-t-il pas encor le front
De tirer sur le second.

IV,

Contre le garde champêtre,
Il conservait une dent;
Pour en finir promptement,
Il se rend sous sa fenêtre,
Le soir, entre chien et loup,
Pour être sur de son coup.

V,

L'apercevant dans le groupe
De sa femme et ses enfants,
L'ajuste dans le moment
Qu'il allait manger sa soupe ;
Loin de prendre son repas,
Il rencontra le trépas.

VI.

Abandonnant sa famille,
Y compris ses deux enfants,
Il courut à travers champs,
Dormant d'un œil peu tranquille,
N'ayant d'autre mobilier
Que son fusil meurtrier.

VII.

Plongé dans l'incontinence,
Il sommeillait cependant,
Quand un garde, l'avisant,
Aussitôt sur lui s'élance,
Lui disant : de par la loi,
Il faut venir avec moi.

VIII.

De moi que voulez-vous faire ?
Dit-il en se voyant pris.
Je vais vous mettre à l'abri
Dans la prison cellulaire,
Dit le garde, en attendant
Que l'on s'explique autrement.

IX.

Il fallut à la justice
Payer autant de forfaits.
Le pasteur qui l'escortait,
En marchant vers le supplice,
Par ses exhortations
Lui fit entendre raison.

X.

Gens qui chassez sans port-d'arme,
Profitez de la leçon;
N'imitez pas Montcharmon,
Et respectez les gendarmes,
Sans devenir assassins
Pour de malheureux lapins.

LA SUITE DES CENT JOURS.

En voyant rétablir par la main d'un seul homme
L'ordre public en France et le sceptre de Rome :
Quand la prospérité renaît de toute part,
Offrons une couronne à ce nouveau César ;
A celui dont le bras, guidé par le génie,
Du joug qui l'opprimait délivra la patrie ;
De l'anarchie enfin, déchirant les drapeaux,
A ses vils partisans en jeta les lambeaux.
Celui qui mit un terme à nos maux, à nos peines,
Ne dément pas le sang qui coule dans ses veines :
L'héritier du vainqueur de tant de nations
A fait taire en un jour l'esprit des factions.
D'un aussi grand bienfait, en visitant la France,
Il en a recueilli la noble récompense,
Au bruit de mille voix, n'exprimant qu'un seul vœu,
De l'airain qui s'ébranle et du salpêtre en feu.
Pour nous dicter des lois et les rendre prospères
Il n'a pas eu recours aux armes étrangères.
La voix de tout un peuple, en sortant des scrutins,
Lui donna le pouvoir de régler nos destins.
Pour accomplir son œuvre, et vaincre les obstacles,
Il a fait un prodige, il fera des miracles.

Unissons nos efforts, prêtons-lui notre appui;
C'est travailler pour nous que travailler pour lui.
A ces mots, qu'inspiraient sa force et sa puissance :
« Jamais entre mes mains ne périra la France, »
Répondons que jamais le poignard assassin
N'accomplira sur lui son criminel dessein.
Tous ses discours, marqués au coin de l'éloquence,
Sont un gage assuré du bonheur de la France,
Et resteront gravés dans nos cœurs désormais,
Surtout ces mots sacrés : « L'empire, c'est la paix ! »
Mais si quelqu'incident sur la terre ou sur l'onde,
Contre sa volonté, troublait la paix du monde,
L'aigle ressuscitée, en prenant son essor,
Triomphante jadis, triompherait encor.
L'Empereur, en mourant, lui légua son épée;
Trente ans dans le repos ne l'ont pas détrempée.
L'empire proclamé nous reporte aux Cent Jours,
Dont la discorde avait interrompu le cours;
Répétons donc en chœur, aux champs comme à la ville :
« La France est satisfaite, et l'Europe est tranquille. »

RÉPONSE A MON AMI J. P.

Sur l'oraison funèbre de l'abbé Barrard, qui
commençait par ces mots :

Dieu n'en avait pas fait un homme de génie.

———

De Barrard l'oraison funèbre
A trouvé tous nos cœurs émus ;
Qu'avec talent, auteur célèbre.
Tu nous as tracé ses vertus !
Mais pour lui l'amour qui t'enflamme
Sur un seul point se contredit :
C'est qu'à Dieu, quand il rendit l'âme,
Il ne lui rendit pas d'esprit.

ANECDOTE HISTORIQUE.

La duchesse d'Osmond, charmante créature,
Aussi belle d'esprit que belle de figure,
A l'église Saint-Roch un certain jour quêtait.
Il ne me souvient plus quelle fête c'était.
Au prince de Condé d'abord elle présente
Une bourse en velours de couleur amaranthe.
Son Altesse, affectant l'air le plus gracieux,
Dit en mettant vingt francs : voilà pour vos beaux yeux
Ce don est accueilli par une révérence,
Mais une seconde fois son beau bras elle avance,
Et répondant : merci de ce noble bienfait !
Maintenant, Monseigneur, les pauvres, s'il vous plaît.

CRITIQUE DE L'AUTEUR.

A peine si ta muse a quitté la lisière
Qui soutenait tes pas dans la noble carrière,
Que déjà tu t'élance, ainsi qu'un grand garçon;
On ne voit maintenant que vers de ta façon.
Bientôt de l'Hélicon tu vas franchir l'espace;
On peut sans être ingambe arriver au Parnasse;
Mais ce n'est pas avec tes fades calembourgs,
Que l'on goûte fort peu, qu'on ne lit pas toujours,
Qu'on gravera ton nom au temple de Mémoire.
Je te conseillerais d'écrire ton histoire.
Ce que déjà cent fois tu nous as raconté,
Avec même plaisir serait encore goûté.
On sait qu'un vieux soldat revenant de la guerre,
En citant ses exploits, plus ou moins exagère;
Mais sache que pour toi, telle est notre amitié,
Que nous te promettons d'en croire la moitié.
Ne vas pas t'aviser de la tracer en prose,
Ce serait peu prudent; or, en voici la cause :
Il pourrait arriver que de cette façon
Elle n'ait pas la rime à défaut de raison.

FIN.

SOUSCRIPTEURS

AUX FANTAISIES POÉTIQUES

Du capitaine LAMAROSSE.

———✦———

	Exemplaires.
Amiliac	2
André.	1
Ariàs (Espagnol)	1
Authume (d'), Alfred	1
Authume (d'), Ed.	1
Bailly.	1
Barberet.	1
Beynaguet	1
Bilié–Bilié.	1
Bilié-Girard.	1
Blondeau.	1
Boileau, Jules.	1
Bouchard, Charles.	1
Bouchard–Dechaux	6
Bouchard–Morelot.	4
Bouillon.	1

Exemplaires.

Raquet–Lavirotte 1
Renard (Mme) 1
Renard, notaire 1
Ricaud 1
Sandier, Emile 1
Saulgeot 1
Saulgeot, Jules 1
Simonnin, capitaine en retraite 1
Tisserand, Adolphe 1
Vallot 2
Verry, Louis 2
Villiard, D. 1
Villiard, Jules 1

TABLE

DES PIÈCES CONTENUES DANS CE VOLUME.

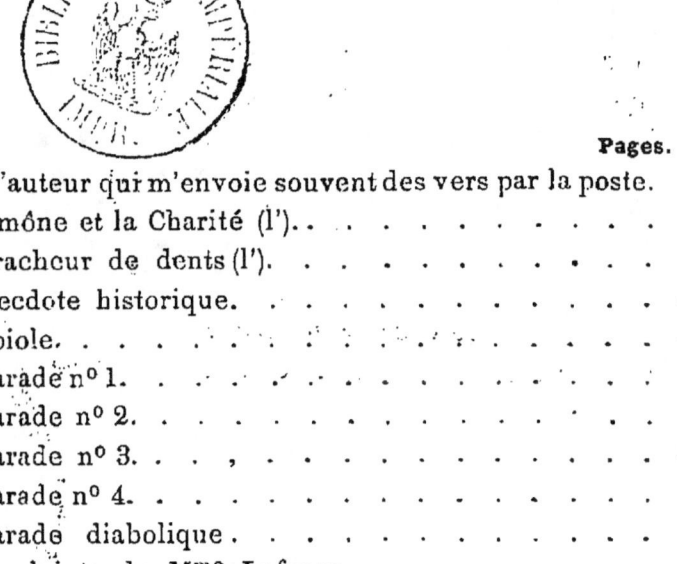

14

www.ingramcontent.com/pod-product-compliance
Lightning Source LLC
Chambersburg PA
CBHW060802180626
46818CB00002B/662